La (très fameuse) trilogie du loup sanguinaire

Les trois petits porcs et le loup sanguinaire

(Un conte d'autrefois)

Once upon une fois, trois petits porcs, plus feignants les uns que les autres. L'un s'appelait Naf-Naf. Les deux autres : Pimkie et Jennyfer (qui, malgré leurs prénoms, n'appartenaient pas au monde de la jaquette porcine). Dans la ferme, seul Naf-Naf, pourtant alcoolique notoire dès le plus jeune âge, était honnête et travailleur (et encore, il valait mieux le dire vite). Les deux autres semblants se battre pour savoir qui serait le plus feignant. Ces trois chiffes molles squattaient la maison de leur môman (à savoir tout de même que ces porcs étaient en âge, depuis une paire d'années, de censément pouvoir se débrouiller tout seul dans la vie, mais ils étaient plus connus pour leur paresse que leur débrouillardise – et même : ils n'étaient connus *que* pour ça), leur môman, donc, qui un jour leur signifia qu'il était temps pour eux d'aller se trouver quelque bonne truie et pour elle de ne plus avoir à supporter leur présence. « Barrez-vous donc voir ailleurs si j'y suis, et si vous m'y trouvez, n'oubliez pas d'aller voir plus loin », leur dit-elle en substance. En claquant la porte, elle les mit toutefois en garde : Hubert, « le facteur aux cent maladies vénériennes » (car tel était son surnom) disait à qui voulait l'entendre (et aussi aux autres, d'ailleurs) qu'un loup sanguinaire rôdait dans la région. Parait même que son haleine rappellerait étrangement le doux parfum des égouts de la ville au plus fort de l'été, et que, en proie à la faim comme il l'était justement en ces temps de disette commerciale, il avait une propension à dévorer crue de la cochonnaille par multiple de trois (nul ne savait pourquoi, mais ce loup semblait faire une sorte de fixette sur le nombre trois). Elle leur conseilla donc de ne pas trainer pour se trouver un quelconque logement pouvant les mettre à l'abri du loup. Et puisque maman truie, on l'a précisé plus haut, claquait la porte en faisant ces recommandations, on comprendra aisément qu'elle avait un débit de paroles particulièrement élevé. La porte de la maisonnée se referma donc définitivement aux groins de ces pauvres enfants, jetés à la rue tels des chiens.

Voici donc nos gros cochons, se trainant comme d'immondes larves, errant dans la campagne, ne sachant ni où aller, ni que faire. Ils descendirent tous trois le chemin principal du village, qui conduisait au bourg. Plus on avançait, plus les distances séparant chaque frère se creusaient, Naf-Naf au premier rang, sans doute pressé de rejoindre sa taverne favorite, puis Pimkie, et enfin, à la traîne, Jennyfer. C'est lui qui fit halte en premier.

Le premier porc, Jennyfer, alors qu'il faisait une sieste au pied d'un arbre, se réveilla soudain, en proie aux affres de la faim, et même si une désagréable odeur semblait flotter dans l'air, son ventre se mit à gargouiller. Il avait oublié d'emporter quelque nourriture avec lui, et la pensée de son pique-nique préféré (chips, jambon, saucisson) lui fit monter les larmes aux yeux. Le regard embué par tant d'injustice, il vit arriver à lui un péquenot portant sur son dos un immense ballot de paille. Jennyfer, dont le cerveau connaissait parfois d'étonnantes connexions neuronales, se souvint que sa génitrice leur avait conseillé, à lui et ses frères, de se construire une maison afin de se mettre à l'abri du « loup sanguinaire ». Bien qu'il n'eût aucune idée de la signification du mot sanguinaire, la seule mention du loup suffisait à le mettre dans un état de peur pouvant aller jusqu'à transcender sa faim et insuffler à l'ensemble de son corps suffisamment de courage pour se construire un abri (ce qui n'est pas peu dire pour qui connait Jennyfer). Il stoppa donc le péqueux dans son élan (même si l'on peut imaginer l'extrême lenteur du vieux paysan, le nez rasant le sol sous le poids de son fardeau, lui qui déjà courbait l'échine sous le poids des ans et de son arthrose cervico-dorsale) lui lançant (toujours allongé sous son arbre) : « Pose donc cette paille ici, Joe le péqueux, j'en ai besoin pour me construire une maison ici même. » Le vieil homme s'exécuta sans mot dire, trop content de se débarrasser de ce poids mort. Il fit mine de s'éloigner lorsque Jennyfer, pour la deuxième (et dernière) fois de la journée, fut pris d'un éclair de lucidité et interpella ainsi le vieux : « Tiens, tant que je te tiens : j'y connais que dalle aux maisons, alors que toi, malgré ta tête de déterré, tu dois savoir y faire. Alors, vas-y, fais toi plez : tu me fais un truc simple, avec coin cuisine et lit confort. Laisse tomber les gogues, j'irai dehors (chuis pas un porc pour rien !) ». Et il partit d'un rire bien gras tandis que le pauvre paysan se mit à la besogne.

Pimkie, quant à lui, eut tôt fait de trouver plusieurs stères de bois, sûrement laissés à l'abandon, rangés à l'abri dans la grange attenante à la maison du maire. Maire qui devait trainer dans quelque bar, sans doute accompagné de son frère Naf-Naf (frère de Pimkie, donc, et non du maire, de toutes façons benjamin d'une famille de six enfants, dont cinq filles). De tout ce bois, il avait dans l'idée de se construire une modeste demeure, avec coin cuisine et lit confort. Pour les commodités, il ferait comme d'habitude. Avant de quitter son désormais ancien foyer, le vil et peu scrupuleux petit porc avait fort heureusement pris la précaution de vider le contenu du réchaud, à savoir les minces économies de la môman, fruit du labeur de toute une vie de travail et de sacrifices. En somme, tout juste de quoi s'acheter pour lui trois esclaves au marché mensuel (une chance que sa mère eût congédié ses lardons le jour même du marché, se dit Pimkie). Il les choisit en fonction de leurs capacités, à savoir architecture pour l'un, ébénisterie pour le deuxième, pâtisserie pour le dernier. En une demi-journée, la demeure fut sur pieds, un énorme gâteau au four et les trois esclaves revendus à Caius Classius, le célèbre marchand de gladiateurs. La maison de Pimkie était située à une encablure de celle de son frère Jennyfer, auquel il fit signe de le rejoindre afin de déguster le fameux gâteau, mais celui-ci ignora l'invitation.

Le troisième larron, Naf-Naf, finissait de cuver sa quatrième bouteille de schnaps dans sa taverne préférée («Au joyeux porc repu ») lorsqu'une brique faillit lui fendre le crâne. Il leva la tête et aperçut un trou dans le mur : il y manquait une brique, justement ! Son regard porcin descendit lentement jusqu'à Charlie Wallace, le barman. Les sourcils du cochon se touchaient presque. Charlie recula d'un pas.

« J'exige réparation », glapit Naf-Naf. « Dans une heure, devant la cour du roi. Un duel au soleil, comme qui dirait. Je te laisse le choix des armes. Va y avoir du sang sur la neige. L'enjeu sera ton rade pourri. Et si je perds, tu feras de moi un méchoui, ça changera des jambons-emmental périmés que tu sers habituellement ». Charlie, fils unique de Clyde Wallace, avait dû reprendre à la mort de son père la taverne familiale. Son rêve à lui, c'était de devenir bûcheron, de débiter des arbres à gros coups de hache, de dévaster des forêts entières, de détruire le plus d'écosystèmes possible à la seule force de son bras armé. Il passait donc la plupart des bénéfices engendrés par les ventes d'alcool à s'acheter des haches. La cave en était pleine. 700. Au bas mot. Le choix des armes fût donc rapide. On allait voir comment un cochon mal dégrossi allait s'en sortir une hache à la patte (et une autre plantée entre les oreilles). Sauf que Naf-Naf, même s'il n'avait jamais tenu de hache de sa vie, maîtrisait le tire-bouchon comme personne. Il eut donc l'idée lumineuse d'allier la hache au tire-bouchon et se saisit de l'arme avec la queue. En moins de temps qu'il n'en faut à un paysan pour transformer un tas de paille en maison, Charlie Wallace finit ses jours de la même façon que son illustre ancêtre William, la gloire en moins. Voilà donc comment Naf-Naf hérita à moindre effort d'une belle maison de briques, avec cheminée incluse.

Pendant ce temps, et avant même que môman truie se fût débarrassée de ses parasites de rejetons, le ventre du loup sanguinaire commençait à crier famine. Son dernier repas, une vieille mamie édentée alitée, datait de trois jours déjà. La barbaque, même si elle n'était pas encore totalement avariée, était tout de même desséchée et pleine de nerfs. Indigeste. Il était temps de trouver de quoi se repaître. Après une nouvelle journée sans rien à se mettre sous les crocs, le loup parvint enfin à trouver de quoi se sustenter. Une porcherie ! Trois petits cochons en sortaient justement, un baluchon chacun chur le dos (*sur* le dos). Il passa sa langue sur les babines, la bave dégoulinant allègrement sur son poil déjà saturé d'habitants plus ou moins vivants. Il faillit tourner de l'œil lorsque sa propre haleine atteignit ses narines. Maître Loup était avant tout connu pour son haleine qui n'avait rien à envier aux refoulements des poubelles de la ville après cinq mois de grève des éboueurs, mais également pour sa quasi absence de courage. En effet, sa lâcheté était devenue légendaire, ce pourquoi il était presque toujours affamé, puisqu'au moindre danger, il préférait fuir, et ne s'attaquait qu'à plus faible que lui. Aussi attendit-il que les trois frères se séparent. Puis il suivit discrètement le plus jeune, qui s'arrêta assez rapidement au pied d'un grand arbre. Il en fit le tour et s'allongea. Le loup attendit une bonne demi-heure, guetta à droite, à gauche, attendant que la respiration de sa future victime devienne lente et régulière. Avec mille précautions, il s'approcha enfin du porcelet rose, gras, appétissant. Il ouvrit grand la gueule, prêt à happer le cochon d'une seule bouchée lorsque ce dernier se réveilla ! Le loup eut tôt fait de déguerpir. Caché derrière un buisson, il vit le porcelet s'agiter, puis regarder en direction de la route. Le prédateur suivit le regard porcin : un homme approchait, le buste en avant, un tas de paille sur le dos. Le loup souffla de satisfaction : quelle chance il avait eue ! Nul doute qu'il aurait pris un coup de fourche ou de pied sans même avoir pu commencer son repas. Il attendit derrière son buisson, osant à peine bouger et sans pouvoir entendre ce qui se disait. A son grand étonnement, il vit l'homme construire une maison de paille pour le cochon ! Au moins, il n'aurait pas de mal à l'en déloger pour le croquer. Une fois le péquenot disparu au bout du chemin, le loup s'approcha à pas de lui de la maison de paille. Il frappa à la porte, mais point de réponse. Il retenta sa chance sans plus de succès. Il est vrai que même lui ne s'entendait pas toquer. « C'est quoi cette porte en paille ? » marmonna-t-il entre ses crocs. Il appela donc : « Petit cochon, petit cochon, y es-tu ? Ouvriras-tu à un pauvre hère errant le nez en l'air ? ». « JAMAIS ! » répondit le sus domesticus (ça, c'est Jennyfer). « Très bien, alors, je vais bailler, petit porc insipide, et de par mon haleine aux remontées indicibles, la paille de ta demeure peu solide en liquide visqueux et collant se transformera ». Un lourd silence répondit à la menace (la triste vérité était que le cochon n'avait rien compris au discours bien trop lyrique de son visiteur). Le loup se mit donc à bailler à s'en décrocher les mâchoires. Et la paille de la maison de se liquéfier en une matière gluante et nauséabonde, laissant Jennyfer pantois au beau milieu de ce qui fut, de mémoire de cochon, de loup ou même d'éléphant, la plus éphémère demeure de la région. Se bouchant le groin des deux pattes avant, le petit porc fila à toutes pattes arrière vers la maison de bois de Pimkie, un peu plus loin sur la route (pour mémoire une encablure, soit 200 mètres). Il avait tout à l'heure refusé l'invitation de celui-ci car il voulait se reposer un peu : de voir ce paysan travailler l'avait littéralement épuisé. Mais il était temps de laisser place à l'action.

Arrivé chez son frère, il se jeta contre la porte, n'osant regarder où en était le loup sanguinaire. Il frappa tant et plus, que Pimkie (qui faisait une sieste suite à la fatigue du travail de ses esclaves, puis à leur revente) finit par ouvrir. Jennyfer se précipita à l'intérieur, claquant derrière lui la porte. Un grand bruit s'ensuivit aussitôt : le loup venait de s'éclater la truffe. Ouf ! Il était temps. « Petits cochons, petits cochons, y êtes-vous ? Ouvrirez-vous au vagabond furibond incapable du moindre bond ? », entendirent-ils à travers le bois de la maison. « JAMAIS !! » crièrent-ils de concert sans se concerter. « Très bien, jeunes porcs inconscients, alors je m'en vais bailler et ainsi faire du bois de cette maison des cendres qu'emportera le vent ! ». Et le loup de bailler à s'en luxer le plexus solaire. Comme il l'avait promis, le mur et la porte en cendres se changèrent. Comme par magie, le vent se leva pour emporter avec lui les derniers copeaux de bois. Mis à nus, les porcelets dévalèrent la pente en direction de la taverne « Au joyeux porc repu », où ils savaient retrouver leur cher frère.

Le temps que Maître Loup se remette de ses émotions et éponge sa truffe endolorie, les deux petits cochons avaient déjà rejoint leur frère. « Tant pis et tant mieux (pis car plus de danger, mieux car plus à manger), pensa le loup, je ferais d'une pierre trois coups ». Il eut tôt fait d'arriver à la porte de la taverne. Celle-ci semblait solide, faite de briques et de ciment (« celle-ci » pour la taverne, pas pour la porte, qui était en aluminium avec triple vitrage sablé et dotée d'une serrure multipoints manuelle, sans compter la barre de tirage en inox). Il n'était pas sûr que son haleine, pourtant lourdement chargée, suffise à entamer la construction. « Petits cochons, petits cochons, y êtes-vous ? Ouvrirez-vous au bédouin mangeur de foin qui veut se reposer dans un coin ? ». Les trois frères cochons, qui avaient à peine entendu la requête du loup (les murs de la taverne étaient tout de même épais, le loup nasillait de la truffe et la télé braillait) hurlèrent toutefois : « JAMAIS !!! ». Le loup, fatigué de parler dans le vide, épuisé par tant d'ondes négatives, las de tous ces rejets, abattu par ces refus, garda silence et se contenta de bailler. Mais rien n'y fit, il bailla et bailla encore à s'en disloquer les quatre membres : la maison restait obstinément intacte. A peine une petite fissure à côté de la porte, mais insuffisante pour lui donner le moindre espoir. Le loup capitula donc : la bataille était perdue. « La bataille, mais pas la guerre ! », borborygma-t-il, l'écume aux babines, le regard fixé sur la cheminée. Voilà par où il passerait ! Le loup, au moins aussi rusé que son cousin à l'épaisse queue rousse, alla trouver Norbert, le vendeur de trampolines, à la sortie du village. Allez savoir pourquoi, son affaire tournait au ralenti depuis quelques années (depuis qu'il avait ouvert boutique, en fait), aussi Norbert n'était-il pas regardant sur le client. Et lorsqu'il vit Maître Loup entrer dans son échoppe, il lui vendit promptement le plus cher de ses trampolines, sans poser plus de questions. Le loup eut même droit, en tant que dixième client en huit ans, à un kit d'entretien de trampoline gracieusement offert, ainsi qu'une extension de garantie d'un an à demi-tarif (mais Maître Loup déclina cette dernière proposition, arguant du fait que le trampoline ne lui servirait pas si longtemps). Il repartit aussitôt en direction du centre, son encombrant instrument sous le bras, qu'il installa au pied de la taverne. Il grimpa sur un arbre à proximité, sauta sur le matelas rebondissant et atterrit sur le toit de la taverne. D'où il glissa, le nez dans le sol. Il recommença l'opération à plusieurs reprises, tombant presque systématiquement la tête en avant. Si bien que ses deux pattes avant, avec lesquels il pensait à chaque chute protéger ses crocs, en furent bleues et gonflées comme deux ballons de basket en moins d'une heure.

Les porcs, quant à eux, eurent largement le temps de préparer leur défense. C'est Naf-Naf, qui, même le corps imbibé d'alcool, demeurait l'esprit le plus vif de la fratrie, trouva la solution : on allait mettre dans la cheminée tout ce qui était fait de bois dans la taverne, y craquer une allumette, et attendre la venue du féroce et obstiné animal ! Ainsi fut fait.

Au comble du désespoir, et alors qu'il pensait abandonner, le canis lupus, suite à un rebond miraculeux, atterrit directement dans le trou de la cheminée. Cela arriva de manière si soudaine, qu'il ne se rendit pas compte qu'une épaisse fumée sortait du trou dans lequel il venait de tomber. Il prit toutefois pleinement conscience de cet état de fait lorsque ses fesses dégagèrent une forte odeur de roussi. Par réflex, il y mit ses deux pattes bleuies, et hurla tant qu'il put lorsque les flammes, une fois débarrassées des poils, attaquèrent l'épiderme de la bête. D'un geste vif et précis, Pimkie, cuisinier en herbe, se saisit d'une broche et empala sans plus de cérémonie Maître Loup qui se retrouva diligemment à tourner sur lui-même. Après quelque temps, on y mit du sel et du poivre du moulin. Jennyfer, d'une impensable politesse en toutes circonstances, lança : « Et bon appétit, bien sûr ! ».

Le Petit Laideron Rouge

(Un conte d'encore plus autrefois que celui avec les porcs)

L'était une fois, un laideron si horrible que sa grand-mère lui tricota un jour un foulard pour lui cacher la tête. Comme la vieille n'avait que de la laine rouge qui lui restait de sa jeunesse communiste, le foulard se trouva doté de cette seyante, mais peu discrète, couleur. Aussi la petite fille se vit elle surnommée « le petit laideron rouge ».

« Dis voir du laideron, lui dit un jour sa mère, va donc amener cette dose de morphine à ta toxico de mère-grand, attendu que paraitrait-il qu'elle est au plus mal (ou au plumard, j'ai pas bien compris ce qu'a dit le doc., vu que c'est pas avec ce que me donne ton père comme pension alimentaire que je vais pouvoir me payer un smartphone digne de ce nom avant longtemps !) ». Sitôt dit, sitôt partie que partit la petite fille au cœur pur (mais à la tête éléphantmanesque). Elle dissimula les ampoules de morphine dans sa besace et s'enfonça dans la sombre forêt. La mère-grand habitait en effet un village à proximité, mais quand même il fallait traverser une sombre forêt.

A peine avait-elle parcouru la moitié du quart d'une partie de la distance qui la séparait de sa génitrice (car oui, suite à une obscure histoire familiale qu'il est ici plus sage de taire, la « mère-grand » était en réalité la mère de la petite, d'où, pensait-on dans le village pour ceux qui connaissaient l'affaire, c'est-à-dire à peu près tout le monde, les difformités physiques et mentales de l'enfant), qu'elle rencontra le loup. Nous voulons ici parler d'un vrai loup, poilu avec des crocs et tout le tremblement, pas du loup de l'expression triviale « voir (ou rencontrer) le loup », ce qui serait totalement hors de propos, discourtois et même carrément sordide dans un conte pour enfants sages.

Bref, cette gourde totalement ignorante de bien des choses ne se méfia en aucune façon de l'animal, qui pourtant portait sur lui sa fourberie plus sûrement encore que Scapin Corlé, le garagiste retors du village. Le loup avait un flair hors du commun, et parvint à sentir, à travers le verre, la douçâtre odeur de la drogue (oui, c'est totalement impossible, mais il s'agit là d'un conte). Il s'en lécha les babines, trop heureux d'une telle opportunité : une gamine difforme, seule, sans doute abandonnée par des parents incestueux et alcooliques, obligée de dealer pour survivre. Enfin une proie à sa portée ! Il fallait toutefois l'éloigner du chemin, car l'ouïe fine du loup l'avait alertée : des coups de haches répétés résonnaient non loin de là. Peut-être des bûcherons, ou bien ce demeuré de tavernier, qui passait toutes ses heures libres à abattre des arbres. Qu'importe, ce bruit était synonyme de danger, car si la petite fille criait, adieu les joies d'un bon trip ! Le loup demanda donc : « Et alors, où c'est que tu vas donc comme ça, la gueuse ? ». Du tac au tac, il lui fût répondu : « Je vais voir ma grand-mère, qui est au plus mal au fond de son plumard, d'après ce que j'ai compris. Et vous, vous feriez bien de retourner sur les bancs de l'école afin de parfaire votre syntaxe, car on ne dit pas « où c'est que tu vas la gueuse », mais bien « où donc te rends-tu de la sorte, jeune fille ». Enfin, pour ce que j'en dis… ». Et le loup, furieux, de rétorquer : « Non mais ça va, t'as vu ta tête ? Au lieu de faire ton Alice donneuse de leçons, tu ferais bien de te faire refaire le portrait avant de parler comme ça ! ». Le petit laideron, qui supportait mal que l'on s'attaque à son physique disgracieux, se mit à pleurer. Le loup, craignant que les bûcherons ne l'entendent, s'excusa aussitôt, en profitant pour lui demander où habitait sa grand-mère et si elle voulait qu'il l'accompagne. L'enfant, décidément pure et innocente, lui donna l'adresse de la mamie, le code d'entrée, l'étage et le numéro de la porte, et même la bobinette qui cherra. Elle déclina toutefois la proposition du loup quant à l'escorter jusque là-bas, car les loups étaient assez mal venus dans le quartier, suite au « Massacre des chevreaux », comme l'avaient titré les journaux de l'époque : un loup sanguinaire avait en effet dépecé sept chevreaux, profitant lâchement de l'absence de la maman chèvre, partie au village afin de se ravitailler en spiritueux, biscuits apéritifs et pizzas pour fêter dignement la victoire du CFC (Chèvre Football Club, le légendaire triple vainqueur de la ligue). Le loup, aussi rusé que lâche, proposa à la jeune fille de prendre sa route habituelle tandis que lui prendrait un autre chemin, en faisant bien attention à ne pas se faire voir des humains (et des chèvres). Et l'on verrait bien qui arriverait le premier !

      La fille accepta. Mais peu encline à ce genre de jeu, ou de course, ou de « whatever », comme aurait dit son lointain cousin belge Jean-Claude, elle partit d'un pas léger par les chemins, cueillant de ci de là des fleurs pour en faire d'insipides bouquets qui faneraient en quelques jours et seraient oubliés plus rapidement encore par sa mère, à qui elle comptait les offrir à son retour à la maison.

Le loup, lui, courut ventre à terre afin de préparer tranquillement l'arrivée du laideron. Rasant les murs, il parvint sans encombre jusqu'à l'immeuble de la vieille. Un pot de miel trainait dans un coin (bon, nous sommes dans un conte, pour mémoire), Maître Loup s'en saisit, l'ouvrit, et en avala le contenu d'un trait afin de s'adoucir la gorge. Il frappa à la porte. Une voix fatiguée, rocailleuse interrogea : « Ouais, qu'est-ce qu'y a encore ? Si c'est pour le loyer, j'ai encore trois jours devant moi ! ». « C'est moi, mère-grand, je t'amène ta dose », répondit le loup en tentant de prendre une voix fluette. « Ha oui, c'est sûr, ça ? T'as la voix bien grave. Enfin bon, admettons : fait un pas en arrière, tire sur la corde et ta bobine cherra ». Heureusement, le petit laideron rouge avait prévenu le loup quant à la malice de son aïeule : elle aimait se débarrasser des indésirables en les piégeant grâce à un ingénieux système de corde qu'il suffisait de tirer vers soi, ce qui faisait tomber une chevillette, entrainant ainsi un poids qui heurtait un bouton près de la porte. Le bouton étant relié à une pièce de bois, elle-même en contact direct avec une tige qui, une fois tombée, libérait un couperet qui venait couper toute bobine intruse. Un panier de recueil de bobines était même visible, à gauche de la porte. « C'est vraiment moi, mère-grand, je ne suis pas le taulier ». Après un instant de silence, la mamie répondit : « Ok, entre ! Donne un coup de latte sur la porte, là où y a plus de peinture : c'est le seul endroit où faut taper pour que cette foutue lourde veuille bien s'ouvrir ». Ainsi fut fait et le loup de surgir dans l'entrée mal éclairée de la demeure. Dans la pénombre, l'on distinguait à peine la vieille affalée sur son lit, un bonnet de nuit sur la tête. Sans chercher à discuter, négocier, tergiverser et encore moins réfléchir, le loup en un bond planta ses crocs dans la gorge de la pauvre grand-mère. Gorge qui se mit à déverser un flot de sang chaud et poisseux, éclaboussant murs et parquet. Le loup serra ses puissantes mâchoires, ne laissant aucune chance à sa proie alitée. Rendu fou par l'odeur et le goût du sang, il secoua la tête en tous sens. Des viscères encore fumants sortirent du corps pour s'étaler au sol et se coller à la table de chevet. Il se reput de cette viande fade et desséchée, mais tellement bienvenue après une longue période de jeûne. Les écœurants bruits de mastication prirent fin en même temps que la grand-mère, dévorée vivante, rendait son dernier souffle. Son repas à peine fini, il eut tout juste le temps de prendre la place de sa victime dans le lit, chaud et collant d'hémoglobine et de morceaux de chair, lorsqu'il entendit frapper à la porte. [L'auteur autorise ici les éditeurs à censurer ces quelques lignes, bien conscient qu'il est de la portée néfaste et cauchemardesque de tels propos sur un public d'enfants sages. Il s'octroie par là-même le droit de publier une unrated version qui sera vendue quatre à cinq fois plus chère que la version « normale »]. S'ajustant le bonnet de nuit sur le crâne, le loup prit une voix chevrotante : « Oui ? Qui est là ? ». Une voix niaiseuse s'éleva : « C'est moi, mère-grand, votre petite-fille, je viens vous amener quelques ampoules de friandises ». « Fous-y un coup dans la porte là d'où que y a plus de peinture et entre ! », répondit l'animal. Face à cette étrange combinaison linguistique, le petit laideron hésita à lever le pied. « Mère-grand ? Comme vous avez la syntaxe approximative ». Pris de panique, le loup se mit à chercher un moyen de s'en sortir : « Heu… Bah, c'est pour mieux te, heu… Oui, bon, ça va, je suis malade, je te rappelle. Le docteur lui-même a dit que j'étais au plumard ! ». La petite fille, qui se voulait obéissante et bien élevée en toutes circonstances (« Sois polie si t'es moche comme un pou », aimait à lui répéter sa maman) balança son pied contre la porte sans répondre. Porte qui s'ouvrit sur une grand-mère perdue au fond de son lit. Malgré le manque de lumière, le petit laideron nota une conséquente pilosité chez son aïeule. « Comme tu as oublié de te raser, mère-grand », lui dit-elle. « Bah oui, c'est pour mieux avoir chaud aux joues quand ça caille l'hiver, mon enfant », répondit le loup. Comme l'enfant s'approchait, elle constata : « Comme tu as abusé du rouge à lèvres, tu t'en es étalé partout, même sur les draps ». « Bien oui, c'est pour mieux te plaire, mais j'ai les mains qui tremblent, mon enfant ». Tout à côté du lit, incommodée par les relents buccaux, la petite prononça ses dernières paroles : « Comme tu ferais mieux de te brosser les chicots, mère-grand, car tu refoules grave ». Otant son bonnet, le loup répondit dans un sourire carnassier : « Et ma morphine, tu y penses ? Dois-je te rappeler que je suis au plus mal, au fond de mon plumard ? ». Le loup, sans attendre de réponse, d'autant qu'il n'était en aucune façon malade (à part un léger trouble psychiatrique, mais « ceci est une autre histoire », comme on dit dans ces cas-là), assena une droite monumentale au laideron qui alla valser à l'autre bout de la pièce. Les précieuses fioles de drogue s'envolèrent, projetées qu'elles furent hors de la besace. Le loup, aux réflexes de ninja, se saisit des ampoules en plein vol. En moins de temps qu'il n'en fallut au petit laideron rouge pour se réveiller, l'animal avait fini de préparer sa seringue. Il s'injecta deux ampoules d'un coup, et eut à peine le temps de se défaire du garrot qu'il sentit son corps s'élever pour atteindre un monde de rêves éphémères. Il savait qu'il se réveillerait plus tard, avec une sensation de faim qu'il pourrait assouvir grâce à l'enfant qui gisait près de la porte d'entrée. Il la regarda une dernière fois avant de sombrer, et crut la voir bouger. Il sourit à cette pensée : elle sera bien meilleure tout à l'heure, encore vivante.

Cependant, le petit laideron rouge parvint à se réveiller, en proie à un horrible mal de tête. Elle toucha le haut de son crâne où elle sentit une bosse enfler à toute vitesse. Péniblement, elle réussit à s'asseoir. Regardant autour d'elle, elle ne put que constater les dégâts : adieu mère-grand ! Elle vit le loup allongé sur le lit, une seringue vide à ses côtés. Elle regarda par la fenêtre, cherchant de l'aide. Justement, passait

Firmin, le courageux et serviable chasseur. Sans doute l'aiderait-il. Mais le petit laideron se remémora les propos qu'avait un jour tenu sa mère vis-à-vis de Firmin : le bruit courait que le chasseur avait fait quelques séjours à l'ombre et était friand d'enfants difformes. Ne préférant pas prendre de risque, la petite sortit son nécessaire à injection. Elle choisit la seringue qui pouvait contenir le plus d'ampoules possible, soit les douze qui restaient. Une fois la seringue pleine et prête, elle s'approcha lentement du loup inconscient. Elle serra le garrot autour d'une patte avant (celle qui l'avait frappée), et enfonça l'aiguille dans la veine qui ressortait le plus. Elle appuya sur le piston de la seringue, qui se vida en quelques secondes. Libérant le garrot, elle libéra du même coup le monde du grand méchant loup, grâce à une overdose massive.

La vieille bique, ses sept chevreaux crétins et le loup affamé

(Un conte encore plus ancien que les deux autres réunis. C'est dire l'ancienneté du conte)

Il t'ait une fois une vieille bique rabougrie, affublée de sept chevreaux, tous plus ou moins demeurés, mais qu'elle aimait malgré tout (elle-même travaillait d'ailleurs du chapeau - qu'elle ne pouvait jamais porter à cause de ses cornes - ce qui, disait la rumeur, expliquait l'amour aveugle que portait la mère pour ses petits).

Cette fois se déroule il y a bien des années, aux glorieuses heures du CFC, le légendaire Chèvre Football Club. Nous sommes au tout début de la saison, et le CFC caracole déjà en tête, suite à une controversée histoire de dopage, le club des Biquettes Enragées ayant déclaré « forfait » (selon la version officielle, si vous voyez ce que je veux dire^^). Et donc, comme il s'agissait là du premier match du championnat, forcément, le CFC se retrouve en tête. A bien y réfléchir, il n'y a là rien d'extraordinaire ni de glorieux. Surtout si l'on sait que le président dudit CFC fricotait avec le gendre du contrôleur anti-dopage (lui-même dealer d'ampoules de morphine à ses heures, et fournisseur presque officiel de celle qu'on appellerait dans quelques années « mère-grand », une communiste de la première heure : mais ceci est une autre histoire), et que suite à quelques lettres écrites par un certain corbeau (n'ayant, signalons-le au passage, rien à voir avec celui qui tenait en son bec un fromage), le contrôleur se retrouva fort dépourvu quand les lettres furent venues, et dut par la force des choses (et du chantage, aussi) falsifier les résultats des analyses des Biquettes Enragées (qui portèrent bien leur nom à cette occasion, rappelons-le : confère les titres des journaux de l'époque, ainsi que les photos montrant de façon si crues les émeutes raciales qui suivirent. Raciales, oui, à cause de certains membres politiques radicaux œuvrant dans l'ombre, et qui n'hésitèrent pas à diffuser des images subliminales à la télévision, au cinéma, et jusque sur les céréales des enfants : les céréales elles-mêmes, oui, pas les paquets ! Il y avait des images faisant croire à des choses relevant du plus sordide racisme sur les Chokolakipik ! Déjà qu'avec trois K dans le même mot, on a vite fait de se retrouver avec des croix en feu dans son jardin. Et donc la populace se retrouva bien malgré elle à maugréer (pour rester soft et employer un verbe peu usité) contre les Biquettes Enragées, qui donc se rebellèrent en bêlant qu'elles n'avaient rien fait : bref, ce fut un « sacré beau bordel », comme on baptisa ces évènements à l'époque). A peu près comme tout ce paragraphe, quoi…

Mais revenons à nos chèvres, comme dit l'expression. L'on évoquait donc la vieille bique et ses rejetons dont elle ne savait que faire (surtout depuis le départ du bouc, un quelconque émissaire du roi, trop apeuré qu'il fut à l'époque, non par les émeutes raciales, attendu qu'elles n'avaient pas encore eu lieu, mais bien par la circonférence abdominale de sa chèvre de dulcinée, attendu que les sept chevreaux dont il est ici question naquirent le même jour : je vous laisse imaginer les vergetures sous les poils, c'est vrai que ça donne à réfléchir, et à remettre en question bien des choses sur les liens entre époux). Et puisque donc nous sommes « en pleine saison de championnat, fleurissent les pizzas ! », comme dit la célèbre chanson. Et donc, il était presque 20h, et après quarante minutes de publicité, on allait assister au deuxième match du CFC contre les Chèvres du Pentagone (club à la dérive, issu des qualifications, et n'ayant quasi aucune chance de marquer ne serait-ce qu'un but). Et nos sept petits chevreaux de commencer à s'impatienter de ne pas voir arriver leur mets favori, vautrés sur le canapé, baignant dans une marre de chips elles même imbibées de soda bon marché : « Alors, la vieille, t'as donc pas fini avec ta lessive ? On a les crocs, nous, alors fait péter les pizz' », scandèrent-ils à l'unisson. « J'y va, j'y va ! », répondit la mère dont la maitrise du français restait à prouver. « Mais faisez gaffe au loup qui traine dans la région, il a zéro pitié pour les chèvres. Il fouette du bec et il bave comme un porc : c'est comme ça que vous le reconnaitrez ». « Ouais, ça va, t'inquiète, on connait, grouille, ça va commencer ! ». Ainsi s'en fut la mère chèvre, portant son petit porte-monnaie autour d'un cou gracile afin de payer à Luigi-la-Pidz de quoi sustenter ses si enjoués petits.

Pendant ce temps, on l'aura compris (en tout cas ceux qui ont pris la peine de lire le titre de ce conte si bien écrit de main de maitre), maitre-loup, à un mètre de là, et lorsque la vieille bique se fut éloignée, s'approcha subrepticement (peut-être ce conte est-il finalement trop bien écrit… « subrepticement », ça veut dire en tapinois, sauf que là, comme c'est le loup, on peut aussi dire sournoisement) et cogna à la porte. « Ouvrez la lourde, les enfants, j'ai les mains encombrées de pizzas, j'arrive pas à ouvrir ». « Non, mon gars, vu comment les mouches tombent une à une, et vu comment ça pue à travers la porte, tu es le loup. Notre mère, bien qu'ayant une hygiène buccale pour le moins épisodique n'a jamais fait craqueler la peinture en parlant ni même en baillant. Sans compter qu'elle vient de partir, et que vu la vivacité de Luigi, on compte pas la revoir avant un moment. Alors dégage ! ». Ni une ni deux, le loup partit chez le marchand de dentifrice et autres accessoires utiles à l'amélioration notable de l'haleine. D'ailleurs, son échoppe s'appelait « A l'haleine toujours fraiche, même le matin au réveil ». C'est dire. C'est dire également la taille de la pancarte au-dessus de ladite échoppe. Il y acheta donc nombre de tube de dentifrice, quelques brosses à crocs et retourna promptement là où vous savez. A peine arrivé, il répéta mot pour mot la raison de sa venue. Mais, tellement affamé qu'il était, il ne vit que trop tard la cascade de bave qui lui coulait le long du torse jusque sous la porte ! « Non, c'est encore le loup. Notre mère, bien qu'édentée et incapable d'aligner trois mots sans baver, ne produirait jamais une telle marre visqueuse et, excusez-nous, aux effluves parfaitement repoussantes » lui fut-il répondu. Sans un mot de plus, et vexé comme un pou, le loup courut ventre à terre jusqu'au bac à sable du parc le plus proche et se mit à le manger (le sable). Si bien qu'au bout de quelques minutes, sa bouche était aussi sèche qu'un saucisson sec. Tiens donc, répétez un peu cette dernière phrase dix fois d'affilée aussi rapidement que vous pouvez. Qu'on rigole un peu. Ensuite, vous pourrez signifier à l'archiduchesse d'aller se rhabiller.

Le voilà donc de retour chez les chevreaux. Il répéta une fois encore qu'il était leur mère, et les mains encombrées, et les pizzas. Les chevreaux voulurent qu'il montre patte blanche, parce que bien qu'ayant tous un Q.I. improbable (ben oui, il ne faut pas être très « fute-fute » pour deviner qu'ils ont encore affaire au loup, ce dernier n'étant même pas capable de changer un tant soit peu sa phrase mensongère censée lui ouvrir les portes du garde-manger), ils se méfiaient. Aussi lui demandèrent-ils de parler un peu plus : rien ne coulait sous la porte. Un autre demanda au loup de bailler afin de tester son haleine. Mais le loup, plus rusé que sept chevreaux réunis, répondit qu'ils devaient lui ouvrir la porte pour pouvoir le voir bailler. « Il a raison », dit une voix. « C'est vrai » en dit une autre. « Oui, en effet, c'est juste » émit une troisième. « Et même très juste » renchérit une quatrième.

Bref, ainsi de suite jusqu'à ce que le septième ouvre enfin la porte.

Et là, place au carnage. Le loup se jette sur le premier chevreau venu et le gobe. Pendant ce temps, les frères du premier, tous pris d'une frénésie d'instinct de survie, se mettent à courir en tous sens, et à se cacher où ils peuvent. Qui dans un placard, qui derrière une étagère, qui dans la pendule, qui dans le four, qui dans le frigo, qui au-dessus de l'armoire normande (celle offerte pour le mariage), qui sous le bureau, qui dans la baignoire, qui derrière la porte de la chambre de maman-chèvre, qui derrière celle des chevreaux, qui dans la cheminée. Oui, les lecteurs les plus fins, les plus assidus et observateurs, pour ne pas dire holmesiens auront noté qu'il y a beaucoup trop de qui. C'est simplement pour donner une idée de la panique dans la maisonnée, et laisser à penser que devant ce danger imminent, et pour le moins mortel, c'est « chacun pour soi », comme on dit dans les livres aux histoires sérieuses. Toujours est-il que Maitre-Loup s'en donna à cœur joie et à crocs acérés. Il lui fallut moins de temps qu'il n'en faut à une vieille bique acariâtre pour aller chercher des pizzas chez Luigi-la-Pidz pour exterminer les chevreaux. Seulement, dans sa folie meurtrière, le loup en oublia de compter ses victimes. Et le plus malin, ou le plus lâche, ou le plus chanceux, ou le plus ce-que-vous-voudrez s'en tira à bon compte : caché dans l'horloge de la maison, accroché au pendule, il se luxa la corne gauche, qui lui éborgna l'œil droit (et sans doute à cause du mouvement de balancier du pendule auquel s'agrippait la bête pendant que se faisaient déchiqueter dans d'atroces cris de souffrances ses frères et sœurs, la corne, à force de se luxer, finit par se décrocher bel et bien et se retrouver plantée littéralement en lieu et place de l'œil du cabri).

Ainsi repu, le loup sortit tant bien que mal de la demeure capra hircusienne pour s'affaler non loin de là dans un pré vert (celui de Jacques, le poète du village). Il s'endormit presque aussitôt.

Sur ces entremets, la bique revint enfin, marchant difficilement, les bras chargés des sept pizzas superposées qui lui bouchaient la vue aussi sûrement qu'elles lui emplissaient les narines d'un mélange quelque peu écœurant de chorizo, de poivrons, de fromage de chèvre et d'anchois. Elle cogna à la porte, demandant à ses chevreaux de bien vouloir lui ouvrir. Elle s'attendait, ou plutôt elle *espérait* que ses rejetons lui demandent si elle était bien leur mère et non le loup, mais aucune question ne fut posée. Inquiète, elle asséna à la porte un franc coup de patte, bêlant aussi fort que le port de pizzas le lui permettait, mais toujours rien. Et même, un silence anormal régnait dans la bicoque. Elle posa les pizzas à terre et ouvrit la porte sur une vision d'horreur : des viscères dégoulinaient de la table du salon pour se répandre sur le tapis du salon (celui offert pour le mariage), les murs étaient maculés de sang, des membres en partie dévorés jonchaient un sol poisseux du même liquide que celui coulant le long des murs (du sang, quoi : c'était pour éviter une répétition). Elle fit un pas en avant et sentit sous son sabot une poche éclater dans un bruit humide. Soulevant la patte, elle vit ce qu'il restait de l'œil qu'elle venait d'écraser. Prise de vomissements incoercibles devant ce spectacle, il faut bien le reconnaître peu ragoutant, elle réussit tout de même à entendre un petit couinement inhabituel à chaque mouvement de balancier de l'horloge. Intriguée, elle s'en approcha, regardant où et sur quoi elle mettait les sabots. Elle ouvrit la porte en verre et vit son plus jeune enfant (né vingt minutes après l'ainé) accroché au pendule. Tellement contente de trouver une âme vivante dans cette maison de l'horreur (c'est ainsi que fut baptisée la demeure par les journaux à sensations de l'époque) qu'elle étreignit son enfant fort, fort, fort. En fait, tellement fort qu'elle finit par enfoncer encore un peu plus la corne déjà bien fichée dans l'orbite du jeune cabri. Tant et si bien d'ailleurs qu'encore aujourd'hui, et bien qu'adulte, le pauvre bouc se promène avec sa corne gauche dans l'œil droit (il est bicentenaire). Tableau assez édifiant je dois dire. Bref, la mère, desserrant enfin son étreinte, interrogea son fils : « Quoi t'est-ce donc qui s'est-il donc passé ici ? ». Et le petit, entre deux sanglots, d'expliquer le loup, l'haleine, la bave, l'envie de pizzas, l'ouverture de la porte, encore le loup mais cette fois en vrai, le carnage, les cris, la mère qui arrive enfin (mais comme ladite mère connaissait déjà cette partie pour l'avoir vécue en direct, elle interrompit l'enfant dans sa logorrhée pleurnicheuse qui de toute façon commençait très sérieusement à lui courir).

Elle sortit de la maison, suivie de près par son petit chevreau qui pleurait translucide d'un côté et rouge de l'autre. Errant sans but, ils finirent par arriver dans de pré vert de Jacques (le poète). Et là, allongé sous un arbre, le loup ! Aussi incroyable que cela puisse paraître, le loup était resté à proximité des lieux du crime, tel le psychopathe revenant sur les lieux du crime, sauf que là, c'est pire parce qu'il *reste* sur les lieux du crime. Incroyable. La vieille bique se dit que ce genre d'opportunité ne pourrait pas se présenter deux fois. Le meurtrier se reposait, sans doute satisfait de son bon repas. Mais l'heure de l'addition avait sonné. « Va donc chercher le plus grand couteau que tu trouveras dans la cuisine », ordonna-t-elle à son enfant. Qui s'exécuta aussitôt. Le petit bouc borgne n'avait pas fait trois pas que sa mère vit le ventre du loup bouger. Se pouvait-il qu'il y ait un enfant encore vivant ? Peut-être plusieurs ? Au comble de la joie et de l'espoir, maman biquette intima à son fils de se presser. Celui-ci revint promptement, le couteau entre les dents. La mère s'en saisit et ouvrit la panse rebondie du loup. Dans un flot de sang, ses six enfants ressortirent les uns derrière les autres, qui avec une patte en moins, qui avec deux trous à la place des yeux, qui avec les boyaux dans les pattes pour ne pas qu'ils s'étalent partout, qui avec la moitié de la tête. Devant ce spectacle, la vieille bique se frappa les sabots en guise de liesse, applaudissant à s'en rompre les glomes. Nos sept éclopés et leur mère regagnèrent leur modeste logis. Les pizzas étaient restées sur le pas de la porte, mais personne n'avait cœur à les manger. Toutefois, la vieille bique, qui détestait le gaspillage, surtout quand c'était elle qui payait, demanda à ses enfants de porter chacun une pizza, tandis qu'elle prit dans son meuble de couturière le plus épais fil et la plus grosse aiguille qu'elle avait. « Venez, les gars, on a oublié de refermer derrière nous, suivez-moi ». Devant cette sentence sibylline, les enfants s'exécutèrent. En chemin, leur mère leur expliqua ses intentions : ils allaient se venger du loup. Bien que peu enclins à revoir leur dévoreur d'aussi près, les sept chevreaux suivirent leur biquette de mère. Arrivés à hauteur du prédateur toujours endormi (il venait tout de même de se faire éventrer sans anesthésie, et par une chèvre inexpérimentée dans l'art de la chirurgie, mais que voulez-vous ? dans les contes, le loup a toujours le sommeil très lourd), chaque chevreau (et pas chevral !) déposa sa pizza, avec le carton, dans le ventre de la bête. La mère, aidée par les fils dont il restait suffisamment de pattes pour tendre la peau du loup de chaque côté, se fit un devoir de recoudre la peau du canidae.

Au bout d'un certain temps qu'on imagine assez long quand même (allez digérer sept pizzas d'un coup, vous. Sans compter les cartons), le loup finit par se réveiller. Il fut aussitôt pris d'une soif intense. Il faut signaler au passage au lecteur ignorant que vous êtes, que Luigi (propriétaire de l'échoppe « Luigi-la-Pidz ») blindait littéralement ses pizzas de sel afin de pouvoir vendre un maximum de sodas et autres boissons plus ou moins digestes et plus ou moins bonnes pour la santé. Aussi se dirigea-t-il (on est revenu au loup, là) vers le puits le plus proche afin d'étancher sa soif. Il se pencha en avant, mais, emporté par son poids et empoté qu'il était de toute façon, même sans avoir mangé sept pizzas (sans oublier les cartons), il bascula lamentablement dans le puits, où il se noya comme un crétin alpiniste.

Notre famille chèvre, quant à elle, ralluma la télé afin d'assister à la deuxième mi-temps du match. Et Cabroto, mythique capitaine du CFC, marqua, sous un tonnerre d'applaudissements, son premier but au moment même où le loup rendait son dernier souffle (tuant au passage deux mouches d'un coup).